CW01501851

PETIT FÉROCE

part en vacances

Du même auteur, dans la même série :

- *Petit-Féroce n'a peur de rien*
- *Petit-Féroce est un champion*
- *Petit-Féroce et sa famille*
- *Petit-Féroce et ses amis*
- *Petit-Féroce va à l'école*
- *Petit-Féroce contre les Marmicreux*
- *Petit-Féroce et le monstre des neiges*

Texte de Paul Thiès
Images de Mérel

part en vacances

RAGEOT ● ÉDITEUR

ISBN 2-7002-3166-X
ISSN 1772-5771
Conception graphique : Marc Fleuret.

© RAGEOT-ÉDITEUR – Paris, 2005.
Tous droits de reproduction, de traduction et d'adaptation réservés
pour tous pays. Loi n°49-956 du 16-07-1949 sur les publications
destinées à la jeunesse.

PETIT-FÉROCE
FAIT LE MÉNAGE

— Petit-Féroce ?

Aïe…

— Petit-Féroce !

Aïe aïe aïe…

— Petit-Féroce !!!

— C'est pas moi ! Je suis pas là !

— PETIT-FÉROCE !

Et CRAC ! Maman Jolie-Féroce me découvre. Pourtant, je m'étais habilement caché sous la peau de tigre qui sert de tapis, tout au fond de la caverne. Les mamans, c'est drôlement rusé ! Elle rigole et me dit :

– Tiens tiens tiens, mais qui est là ? Mon gentil Petit-Féroce !

Je réponds d'une voix innocente :

– Heu… Bonjour maman. Quelle surprise ! Ça va ? Tu me cherchais ?

– Mon seul, mon vrai, mon gentil Petit-Féroce, avec les cheveux noirs, une grande massue et un gros appétit ? continue maman en me tirant gentiment une oreille.

Oh là là ! Je rougis drôlement. Je n'y peux rien, dès que maman me tire l'oreille, je rougis comme une tristou-mate.

— J'ai besoin de toi, déclare maman.

Catastrophe ! Je m'en doutais ! C'est pour ça que je me cachais sous le tapis. Je suis TRÈS occupé aujourd'hui. J'organise un championnat de saute-mammouth avec mon frère Sifflotin, mon cousin Gobe-Gobe et ma cousine Galipette. Je gagnerai sûrement ! Et ensuite, Cerise-qui-mord, ma douce fiancée, m'embrassera sur le nez, en récompense.

Hélas ! Maman me tend un plumeau gros comme un baobab et déclare :

— Au travail ! Tu vas m'aider à faire le ménage dans la caverne.

Aïe !

— Ensuite tu laveras les couteaux et les cuillères, les bols et les assiettes, les marmites et les chaudrons, les cruches et les cruchons.

Aïe aïe aïe…

— Et tu t'occuperas de ton petit frère.

Malheur ! Catastrophe ! Petit-Sauvage est HORRIBLEMENT mal élevé. Il mange avec les pieds ! Il boit avec les oreilles ! Il nage dans la soupe au mammouth ! Il désobéit tout le temps à tout le monde et il tire la langue à tous les autres. Je me demande vraiment à qui il ressemble, dans la famille ?

Je louche vers maman en prenant mon air mignon, très mignon et même cromignon, et je suggère :

— Hem hem… Petit-Sauvage est un GRAND garçon, maintenant. Et si je l'assommais à coups de massue ? Ça le rendrait TRÈS sage jusqu'au dîner, non ?

Je trouve que c'est une excellente idée mais maman fronce les sourcils… Oh là là ! Quand elle me regarde avec cette tête-là, il vaut mieux obéir.

Bon, bon, bon ! Je travaillerai, puisqu'on ne peut pas se passer de moi dans cette caverne. Je suis trop bon !

Ah là là ! Dur dur, le travail ! J'astique la grotte de haut en bas. Je nettoie dans les coins, les recoins et les cracoins. Je brosse les dents des crânes de cornosaures accrochés aux murs pour décorer. Et ensuite je baigne, je lave, je frotte, j'astique, je brosse, je récure, je rince et je peigne mon affreux petit frère.

Petit-Sauvage est un vrai sauvage ! Il déteste se laver ! Il me mord pendant que je le mouche ! Il gigote tellement que j'appelle Roûmm mon ronronge pour qu'il se tienne tranquille. Petit-Sauvage, pas Roûmm.

Roûmm, c'est mon gentil ronronge apprivoisé, un animal poilu avec des dents tranchantes et une longue longue queue très commode. Par exemple pour ligoter les petits frères !

Ouf! J'ai fini! Petit-Sauvage s'endort dans son berceau en corne d'aurochs et Roûmm grignote une feuille de sala-douce. Je suis épuisé! Je sors vite de la caverne avant que maman me demande autre chose. Pourtant j'aime bien aider ma maman, sauf quand je mange, ou quand je dors, ou quand je joue, ou quand je fais la sieste, ou quand je regarde les nuages ou quand je compte les brins d'herbe dans la jungle ou les mammouths dans la prairie.

Je m'éloigne furtivement, en silence et même en catimini… Il est temps de rejoindre les copains pour le championnat de saute-mammouth.

Mais qui est-ce que je vois en arrivant devant la caverne de l'oncle Très-Très-Brutal ? Les copains qui travaillent comme des fous, qui transpirent à grosses gouttes !

Mon cousin Gobe-Gobe et ma cousine Galipette astiquent les massues de l'oncle Très-Très-Brutal et les pinceaux de ma tante Gentille-Cabriole, l'artiste de la famille. Un peu plus loin, Cerise-qui-mord et ses deux petits frères, Œil-d'Écureuil et Oreille-de-Renard, assis sous un séquoia, lavent les marmites de leur papa le sorcier. Ils ont des cheveux rouge vif… et très mauvais caractère. Alors naturellement, ils se battent à grands coups de louche au fond de la plus grosse marmite ! Hé hé hé… J'ai l'impression que la prochaine soupe d'Arbre-Rouge aura un drôle de goût…

Je m'approche sur la pointe des pieds pour les aider à se taper dessus (juste pour leur rendre service, au cas où ils seraient déjà fatigués) quand, soudain, les buissons frémissent. J'entends un bruit de pas… Quelqu'un approche !

Alerte ! J'empoigne ma massue, Écureuil et Renard brandissent leurs louches et Roûmm mon ronronge se cache derrière moi, le lâche ! Moi je me cache derrière Gobe-Gobe, le costaud de la famille. Je suis courageux, mais prudent.

Un garçon un peu plus âgé que moi sort de la jungle. C'est Guépard, le fils de Tigre-Tordu, le chef des affreux Marmicreux, les ennemis de notre tribu.

Mais Guépard est un vrai copain! Il nous a plusieurs fois sauvé la vie. En plus, il est amoureux de ma cousine Galipette. Elle se jette dans ses bras et ils s'embrassent sous le séquoia.

Guépard pousse un gros soupir et s'assoit sur un rocher.

— Ça ne va pas? s'inquiète Galipette.

— Mon papa trouve que je ne massacre pas assez, répond tristement

Guépard. Alors il m'a donné une leçon à apprendre par cœur :

Massacrer, c'est marmicreux,
Massacrer, c'est merveilleux !

Je dois la réciter chaque jour au petit-déjeuner. Et ensuite je dois massacrer trois mammouths pour le goûter. C'est drôlement fatigant ! J'ai vraiment besoin de me reposer.

Pauvre Guépard ! Tigre-Tordu exagère. Les papas sont tous pareils…

ON VEUT DES VACANCES !

La situation est grave, nous sommes épuisés ! Les parents nous ont surveillés toute la journée, comme si nous étions des lapinois un jour de chasse. Il a fallu travailler, travailler, travailler ! Gobe-Gobe et Galipette ont astiqué assez de massues pour massacrer dix tribus d'un seul coup.

Cerise et ses frères ont failli s'endormir au fond de leurs marmites.

Et moi, j'ai balayé la caverne dix fois de suite. Maman Jolie-Féroce n'était jamais contente ! J'ai parfois l'impression qu'elle me prend pour un paresseux. Je ne vois vraiment pas pourquoi !

Finalement, les parents se fatiguent de nous surveiller et nous pouvons enfin nous asseoir en rond, pour discuter sous un pin parasol.

– Les parents sont des épouvantables… gémit Galipette.

– Des épouvantesques ! approuve Cerise.

– Des pires que tout… soupire Écureuil.

– Des pires que pire ! rectifie Renard.

– Il faut réagir ! s'écrie Gobe-Gobe. Bref, il nous faut…

Il nous faut une IDÉE ! Une idée qui nous sauve des corvées de demain !

Une idée ? Tiens tiens… C'est justement la spécialité de mon jeune frère Sifflotin. Il est très malin ! Il s'est même débrouillé pour devenir l'ami du monstre du lac de la Lune, un cornu terrible, un fourchu redoutable !

C'est curieux, d'ailleurs. Je n'ai pas vu Sifflotin depuis le repas. Il a repris trois fois du ragoût de lapinois, ce gourmand !

Quoi ? Ah ? Comment ? J'en ai repris cinq fois ?

Ce n'est pas pareil! Moi, j'ai le droit. Je suis l'aîné, non mais!

Bref, pas de Sifflotin. Par contre Floup, son renifflou apprivoisé, se balade d'un museau innocent. Floup est une drôle de bestiole poilue avec un gros nez rond, de grandes oreilles et une poche sur le ventre.

Je lui demande sévèrement :

– Tu n'as pas vu Sifflotin?

On dirait que non. Il claque des oreilles d'un air distrait.

Il m'énerve, Floup. Et en plus, il grossit, ce goinfre. Sa poche ventrale est énorme, toute gonflée. Sifflotin le gâte beaucoup trop !

Et soudain, Sifflotin apparaît en rigolant comme une baleine ! Il s'était caché dans la poche de Floup pour ne pas travailler ! Ça alors ! Il saute par terre, donne une belle cracarotte à Floup pour le récompenser et s'exclame :

— J'ai une idée !

Bien sûr! Nous sommes géniaux, dans la famille. Sifflotin fronce les sourcils, se gratte deux ou trois oreilles, plus celles de Floup pour mieux réfléchir, puis il déclare d'une voix décidée :

– Il nous faut… des vacances !

Des vacances ? C'est une idée formidable, fantastique, mammouthesque. C'est vrai, il faut que nous partions en vacances !

Mais où ?

Dans la jungle ?

Non ! À chaque fois qu'on y va seuls, on a des tas d'ennuis.

Chez les Marmicreux ?

Non. C'est beaucoup trop dangereux. Les Marmicreux sont des affreux, des nerveux et des grincheux.

Heureusement, Cerise a AUSSI une idée. Les idées, c'est contagieux.

– Allons à la mer !

Oui ! Bravo ! Excellente idée ! J'allais le dire ! Je suis d'accord !

– Hé ! Attendez un peu ! je crie. C'est quoi la mer ?

– La mer, explique Cerise, à qui son père le sorcier apprend toujours des tas de choses, c'est de l'eau. Dix fois plus d'eau que dans le lac de la Lune. Tout le monde sait ça, sauf Petit-Féroce. Il est plus bête qu'un crétinou !

Je proteste :

— C'est pas vrai, d'abord je le savais !

— Et on y va comment, à la mer ? demande Sifflotin.

Et là, j'ai une idée ! Si si, moi aussi ! Les vacances, ça donne des idées. Même AVANT de partir en vacances. Et SURTOUT pour trouver un moyen de partir en vacances.

Il n'y a qu'à voyager en fragiffou !

Les fragiffous sont d'immenses oiseaux multicolores. Ils aiment beaucoup la musique et, comme ma cousine Galipette a une très jolie voix, un beau fragiffou est devenu son ami. Elle l'a appelé Fafou et il adore l'entendre chanter.

Galipette grimpe jusqu'au sommet du pin parasol pour appeler son copain. Seulement elle n'a pas de corde, alors elle utilise la queue de Roûmm mon ronronge à la place. Ça lui fait mal (à Roûmm, pas à Galipette), mais il faut souffrir pour partir en vacances !

Œil-d'Écureuil et Oreille-de-Renard la regardent en rigolant.

– Hé hé… Elle va se flanquer par terre, prédit Écureuil.

– Se casser la figure la tête la première, précise Renard.

Alors Gobe-Gobe, qui aime beaucoup sa petite sœur, brandit sa massue et leur en donne un bon coup sur le crâne à chacun. Ensuite il crie à Galipette :

– Fais attention ! Si tu tombes, je devrai faire le ménage tout seul dans notre caverne ! Je ne pourrai plus te tirer les cheveux ni te faucher tes tranches de mammouth !

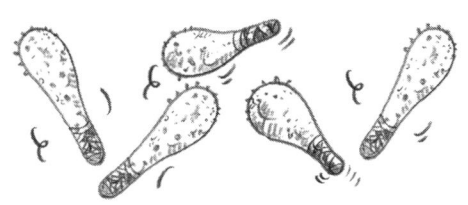

Guépard aide Renard et Écureuil à se relever et s'informe gentiment :

— Ça va ? Vous n'avez pas trop mal à la tête ?

— Grumph… répond Écureuil.

— Glourp… ajoute Renard.

— Tant mieux ! sourit Guépard.

Et VLAN ! Il leur flanque un AUTRE grand coup sur le crâne. Guépard est très sympathique et même poétique, mais il déteste qu'on se moque de Galipette !

Pendant ce temps-là, Galipette est arrivée au sommet du pin parasol. Elle se penche et sourit gaiement à Guépard.

Ensuite elle commence à chanter :

Fragiffou plume de fou,
Fragiffou, dur et doux.
Je m'envole sur tes ailes...

Quelle jolie chanson ! Fafou le fragiffou l'entend du haut de sa montagne et il arrive à tire-d'aile. Galipette saute sur son dos et l'embrasse sur le bec. C'est drôlement émouvant ! Puis elle explique à son fragiffou qu'on part en vacances au bord de la mer. Elle lui demande de nous emmener.

Fafou est d'accord. Il se pose à côté de nous et les copains montent sur lui en trépignant d'excitation.

Mais lorsque c'est mon tour...

Hem hem...

Je crois que je suis un peu inquiet.

Un soupçon crispé…

Un brin soucieux…

Un rien nerveux…

J'ai la frouuusse…

Tant pis ! Il faut du courage pour les vacances !

Alors je grimpe sur le fragiffou. Je m'installe sur une belle plume rouge, ma couleur préférée à cause des cheveux de Cerise.

Je serre très fort la queue de Roûmm dans ma main. Ça me rassure complètement !

Fafou ouvre ses ailes, pousse un grand cri et on s'envooole !

Galipette s'est installée à cheval sur le bec du fragiffou. La place la plus dangereuse ! On est héroïques, dans la famille !

Sauf quand je regarde en bas, parce que j'ai le vertiiige… Aïe ! Je lâche prise, je dégringooole !

Ça y est ! Je tooombe ! Plus de Petit-Féroce ! Adieu maman, adieu mammouths !

Heureusement, le fragiffou fonce à ma poursuite, ouvre le bec et me rattrape par mes habits.

Sauvé !

Mais vexé !

C'est vrai, quoi ! Je suis un héros, pas une feuille d'automne !

C'est fatigant, les vacances !

L'ÎLE DÉSERTE

Fafou le fragiffou vole si haut qu'il se cogne presque au soleil. Il vole si vite que le vent court derrière nous en tirant la langue. Les nuages ressemblent à de gros mammouths blancs, la jungle à un lac vert et poilu.

Le voyage dure une journée entière et la nuit suivante.

Nous dormons bien au chaud entre les plumes de Fafou. Le fragiffou dort lui aussi… en volant ! C'est sûrement très difficile ! Je voudrais bien apprendre à croquer du mammouth en dormant, moi. C'est mon rêve ! Surtout que nous avons oublié d'emporter des provisions, et j'ai encore plus faim que d'habitude !

Le lendemain matin, le fragiffou survole l'endroit idéal pour les vacances : une île déserte !

Elle est très jolie, en forme de banane (miam miam), couverte de palmiers et de cocotiers. Exactement ce qu'il nous faut !

Le fragiffou se pose sur la plage en claquant du bec.

On saute par terre et on court vers la mer.

La mer, c'est bleu, un bleu profond, lumineux, teinté de vert, avec un soleil jaune dessus, des poissons mouillés dessous et du sable blanc à côté. Je n'ai jamais rien vu d'aussi beau, sauf ma Cerise au crépuscule, avec ses longs cheveux rouges qui flottent au vent. Vous n'allez pas me croire, mais, pour une fois, j'oublie que j'ai faim !

Les vacances commencent !

La mer immense, infinie, m'impressionne avec ses vagues qui grondent comme des tigres endormis. Alors, avant de plonger dans l'eau, j'enfonce mes pieds dans le sable et je remue les orteils dans tous les sens. MMMMH… C'est doux comme du papipluche.

Cerise m'imite, la malicieuse. Ses doigts de pied frétillent comme de jolis poissons de sable. Mais, à cet instant, l'eau me saute lâchement dessus !

Elle me renverse, me mouille, me roule en boule et me déroule en bulles. Je me retrouve les pieds en l'air, les oreilles à l'envers, les orteils dans les narines et un cachalouche dans la bouche. Au secououours ! Je me noie…

Tiens, non, je ne me noie pas. Je nage gaiement, exactement comme dans le lac de la Lune ! Je barbote entre les vagues, je flafloupote dans l'écume. Malheureusement je rigole trop fort et j'avale une énorme gorgée d'eau. Mais…

Pouah ! Quelle horreur ! Quelle erreur ! L'eau de mer est SALÉE !

Cerise, qui faisait la planche à côté de moi, éclate de rire.

– Ha ha ha ! Tu ne savais pas que l'eau de mer est salée ? Tu es vraiment nul !

Grrr… Elle exagère ! Cette fois, je la noie aussi sec ! Sauf que j'ai avalé tellement d'eau que c'est moi qui coule ! Cerise, Sifflotin et Gobe-Gobe me sortent de la mer et me traînent sur le sable. Juste à temps ! J'ai l'impression d'avoir avalé tout le lac de la Lune, y compris le monstre ! Roûmm saute sur mon ventre et me lèche le bout du nez. Il est bien gentil mais un peu lourd, Roûmm mon ronronge.

Je bredouille entre deux bulles :

– Blub blub... Qu'est-ce qui s'est passé ?

– Hé hé... La mer, c'est rempli de grandes vagues et de petites surprises, rigole Cerise.

Encore des surprises ? Oh là là... Je m'attends à tout, même à des plieuvres à plume et des ploulpes à ploil. C'est difficile à plononcer avec tloutles ces blulles dans ma blouche. Je me relève en toussant et en crachant. Roûmm me regarde d'un air dégoûté, comme si je sentais le poisson !

Ouf ! Quelle émotion ! Je me laisse tomber sur le sable pendant que les copains continuent à nager.

Guépard et Gobe-Gobe font la course, Fafou vole au-dessus d'eux pour vérifier qu'ils ne se font pas des croche-nageoires. Galipette, perchée sur le gros bec du fragiffou, saute dans les vagues la tête la première. Ma cousine est géniale : elle vient d'inventer le plongeoir à plumes ! Un tourbillon d'écume enveloppe Œil-d'Écureuil et Oreille-de-Renard. Ils se battent sous l'eau ! Mais moi, je préfère me reposer.

Roûmm mon ronronge adore la plage ! Il court derrière son ombre et saute à la corde avec sa queue, le coquin. Sifflotin, Oreille-de-Renard et Œil-d'Écureuil sortent enfin de l'eau.

Ils enlèvent leurs pagnes et s'allongent sur le sable pour bronzer, le nez en l'air et en remuant les orteils. Floup les évente avec ses larges oreilles.

Guépard et Galipette s'éloignent en s'embrassant. Hé hé… La mer, c'est romantique. Moi, je suis ENCORE plus amoureux de ma chère Cerise couchée près de moi. C'est la belle vie !

Plus de soucis…

Rêveries…

Et poissons-scies !

Il est midi. Le soleil se repose en haut du ciel et les poissons sous les vagues, en attendant qu'on les pêche. Le temps passe très agréablement à ne rien faire.

Ça me donne une idée. Ça y est, c'est décidé ! Je sais ce que je ferai quand je serai grand. Je nagerai dans les vagues et je ne ferai RIEN !

Mais alors là rien du tout, rien de bien, rien de rien, trois fois rien trois fois par jour. Je sens que j'a-do-re-rai ça ! Je suis sûrement TRÈS doué !

Gobe-Gobe ramasse un bâton et s'accroupit sur le sable. Il dessine des oiseaux et des poissons, des fleurs et des arbres et un magnifique fragiffou qui survole l'océan.

Ça alors ! Mon cousin Gobe-Gobe dessine aussi bien que sa maman, ma tante Gentille-Cabriole. C'est un artiste, un sensible, un subtil, si, si. Je n'aurais jamais pensé ça ! Moi qui ne le croyais bon qu'à donner des coups de massue à droite et à gauche.

J'admire tellement ce qu'il fait que je m'approche un peu trop. Je pose le pied dessus et…

VLAN !!! Gobe-Gobe me flanque un coup de massue en hurlant :

– TOUCHE PAS À MES DESSINS !

Boum ! C'est mon premier coup de soleil… Ma bosse gonfle et devient comme un œuf de dinosaure !

Je me sens faible. Je m'assois sur un gros rocher. Et tac ! Un crabe sort du sable et me pince le pied ! Cerise rit tellement qu'elle s'assoit sur un autre rocher et CRAC ! Un crabe ÉNORME lui pince le derrière. C'est bien fait !

Hélas, les deux crabes se sauvent avant qu'on puisse les croquer.

J'ai faim et ça m'épuise ! J'ai l'impression qu'après ces vacances-là il me faudra de longues vacances pour me reposer de mes vacances.

DES EMPREINTES BIZARRES

C'est joli, la plage, avec l'eau bleue, le vent heureux et les poissons joyeux. Les cocotiers chantonnent, les palmiers fredonnent… Hélas ! Il manque trois choses importantes.

Les repas.

Les papas pour chasser les repas.

Les mamans pour cuire les repas des papas.

Bref, quand est-ce qu'on mange ?

— Et si on croquait le fragiffou ? propose cette brute de Gobe-Gobe qui regarde l'oiseau géant en se léchant les babines.

Le fragiffou en avale ses plumes d'indignation et Galipette fronce les sourcils. Elle va se fâcher ! Il vaut mieux pêcher des poissons.

Malheureusement nous, les Cavernois, nous sommes plutôt des spécialistes en mammouths. Moi, par exemple, je suis capable de renifler un mammouth sous les champignons. Je suis très doué ! Mais la pêche, c'est drôlement dur avec ces poissons glacés glissants.

Gobe-Gobe nage derrière eux à toute vitesse, Sifflotin et Guépard leur promettent des tas de saladouces s'ils veulent bien se laisser attraper, Renard et Écureuil se roulent dans l'écume comme de vrais galopîtres, mais personne ne pêche rien !

J'ai de plus en plus faim ! Il faudrait s'éloigner du rivage, s'enfoncer dans la jungle qui recouvre le reste de l'île et chasser des animoches moins glissants que ces maudits poissons. L'ennui, c'est qu'elle est peut-être remplie de sauvages du genre Marmicreux, en pire !

Soudain Sifflotin pousse un cri d'étonnement :

– Regardez sous le palmier !

Ça alors ! Quelqu'un a déposé à manger sous l'arbre : de gros poissons tout juste pêchés, des bananes et des noix de coco, des ananas et même un magnifique banamousse bien juteux.

Floup et Roûmm se jettent sur les fruits en grognant de joie, mais Guépard et Gobe-Gobe empoignent leur massue.

– On nous espionne !

– C'est peut-être un ennemi d'une autre tribu ? Un affreux Croquedoux ou un horrible Mâchecru, gémit Oreille-de-Renard.

– Ou un monstre assoiffé de sang… murmure Œil-d'Écureuil en frissonnant.

C'est drôle… J'ai l'impression d'entendre un petit rire clair et joyeux, derrière une dune.

J'écoute encore.

Rien. J'ai dû me tromper. Ou alors, il s'agit d'une ruse de sauvages mystérieux pour nous attirer dans un piège.

Pourtant Roûmm et Floup découvrent de drôles d'empreintes dans le sable, non loin du palmier. Moi qui suis un GRAND chasseur, je n'ai qu'à observer une empreinte pour savoir si l'animoche est un diplodocus à poil dur ou un dinosaure enrhumé.

J'explique donc aux copains :

– Hum hum… C'est sûrement la piste d'un terrible guerrier, un grand chef, un Grognedur très barbu !

Et là… J'entends un rugissement bizarre, comme si un tigrouche et un loulion se mélangeaient dans la jungle.

Hou là là… Floup et Roûmm se cachent sous les ailes de Fafou, les copains se regardent tous en pâlissant.

– C'est le bruit du vent, suggère Galipette.

Peut-être… En attendant, il vaut mieux faire du feu le plus vite possible. Papa dit toujours que les flammes chassent le danger. Avec Sifflotin et Gobe-Gobe, on ramasse des branches mortes. Cerise et ses frères allument le feu grâce à une des recettes magiques de leur papa le sorcier.

Les poissons grillent en un clin d'œil. Les crabouches sont délicieux et les thonflasques juste à point. Il y en a pour tout le monde, même Fafou.

La nuit tombe. La lune se lève, jaune et brillante. Les vagues et les dunes prennent une étrange couleur dorée. Et la peur, le chagrin, arrivent ensemble, comme ça. L'inquiétude coule des coquillages et la tristesse tombe des cocotiers.

On pense à nos parents.

On renifle tristement.

On tremble comme des feuilles de saladouce et on pleurniche comme des brebiches !

Naturellement, MOI je ne pleure pas. Un grand Petit-Féroce comme moi ! Un futur férocissime !

Heu… Enfin… Peut-être que je pleure une larmiche par-ci par-là.

Une larmouche de rien du tout…

Et une grosse larmoche ! Snif… Le bruit du vent, le grondement des vagues me flanquent la frousse ! Sans parler de ce cri bizarre, plus tôt, sur la plage.

Et j'ai du chagriiin ! Je regrette la caverne. Je voudrais que papa Grand-Féroce me gronde et que maman Jolie-Féroce me tape sur la tête avec son plumeau. Même Petit-Sauvage me manque. Si seulement je pouvais lui chatouiller les doigts de pied pour qu'il rigole dans son berceau. Oh là là ! J'étais si bien dans ma grotte, près du feu, à grignoter des tournesucettes sous ma couverture.

Guépard soupire en regardant les vagues. Il pense à son père Tigre-Tordu qui doit drôlement s'ennuyer à massacrer tout seul, là-bas dans la jungle.

Gobe-Gobe et Galipette regrettent leurs parents, ma tante Gentille-Cabriole et l'oncle Très-Très-Brutal.

Œil-d'Écureuil et Oreille-de-Renard se blottissent entre les bras de Cerise comme des lapinois effrayés.

— J'ai peur, gémit Renard.

— Et moi j'ai très peur, marmonne Écureuil.

— Vous ne voulez pas vous bagarrer un peu, juste pour savoir qui a le plus peur ? leur demande gentiment Cerise en les berçant. Ça vous mettrait de bonne humeur !

— Non ! Je veux papa Arbre-Rouge, renifle l'un.

— Et moi maman Feuille-d'Érable, pleurniche l'autre.

Cerise soupire, caresse leurs cheveux rouges et leur embrasse doucement le bout du nez. Je voudrais bien qu'elle me console aussi, mais je dois d'abord consoler Sifflotin.

Vous n'avez pas oublié que Sifflotin est un orphelin marmicreux adopté par mes parents, il y a longtemps ? Il est devenu un vrai Féroce, et on l'aime énormément, mais il est très sensible. Alors, quand il est triste, j'oublie que je suis triste pour mieux l'aider.

Seulement juste à cet instant le mystérieux rugissement suivi du drôle de rire résonne dans l'ombre.

— Tu entends, Petit-Féroce ? chuchote Sifflotin. Ce n'est pas un rire de monstre, ça !

Qui sait ? Le rire s'élève de nouveau, à moitié couvert par le vent. Je m'endors en frissonnant. Je rêve que des tentacules gluants sortent des vagues et me cherchent, me cherchent, pareils à des serpents renifleurs…

LA CAPTURE DU MONSTRE

Le lendemain matin, Cerise, Sifflotin, Roûmm, Floup et moi nous levons très tôt pour explorer la plage et découvrir le monstre qui rit, pendant que les autres dorment encore. Nous allons résoudre le mystère de l'île déserte ! Les copains seront drôlement surpris à notre retour !

Tout à coup Roûmm pousse des cris d'excitation. Il a découvert des empreintes toutes neuves près du rivage. Il me regarde d'un air malin, comme pour me dire :

« Tu vas voir, Petit-Féroce. Je vais le coincer en moins de deux, le monstre ! »

Ce sont les mêmes empreintes que celles que j'ai vues sous le palmier. Roûmm se lance sur la piste ! J'ai juste le temps de l'attraper par le bout de la queue. Il fonce, suivi par Floup qui patauge dans le sable. Cerise et Sifflotin courent derrière en brandissant leurs massues.

On va capturer l'horrible monstre et le ligoter comme une saucisse.

Quoi ? Comment ? Et si le monstre est plus fort que nous ? Et s'il nous croque ? Ben…

Attention! Floup et Roûmm s'arrê-tent pile-poil devant un buisson de champignoux. Le monstre se cache sûrement dedans! Ça va barder!

Floup et Roûmm foncent droit devant, oreilles au vent!

Cerise attaque par la droite en hurlant. Sifflotin bondit par la gauche en mugissant.

Et moi je regarde prudemment. De loin. C'est normal, je suis le chef.

Ça y est ! Ça a marché ! On l'a cap-
turé, le monstre, l'animoche, l'affreux
brutosaure !

Seulement, surprise ! Ce n'est pas du
tout un monstre, un monstrillon, un
monstricule.

C'est...

Une petite fille !

Ça alors ! C'est la plus jolie petite fille que j'aie jamais vue (sauf Cerise !). Elle a des yeux très bleus, doux et lumineux comme des galets au clair de lune. Ses longs cheveux décolorés par le soleil flottent sur ses épaules.

Elle porte une robe d'algues et un collier de perles autour du cou. Elle doit avoir à peu près l'âge de Sifflotin. Ses pieds sont enveloppés de larges sandales en palme tressée, ce qui explique les traces bizarres.

Elle nous adresse un large sourire et lance :

– Bonjour ! Vous aimez les banamousses ?

– Ben oui…

La fille se penche dans l'herbe et se redresse avec un tas de fruits dans les bras.

– Allez-y, mangez !

Chic ! Des banamousses gros comme des mammouths ! Je m'en lèche déjà les babines et je saute dessus en bousculant Cerise. Elle pousse un cri d'indignation et elle me mord. Par-derrière, la lâche !

– Aïe ! Ouille ! Mais qu'est-ce que j'ai encore fait ?

– Petit-Féroce !!! rugit ma douce Cerise. Tu n'es qu'un malpoli ! Un mal élevé ! Un goinfre à poils ! Tu pourrais au moins demander à la fille d'où elle vient et comment elle s'appelle !

C'est vrai ça… J'ai peut-être un peu exagéré. Floup et Roûmm me regardent avec des yeux scandalisés.

— Je m'appelle Étoile-de-Mer et je suis drôlement heureuse de vous voir.

— Et tes parents ? s'étonne Cerise. Et ta tribu ?

Étoile-de-Mer pousse un profond soupir avant de répondre :

— Mes parents pêchaient le cachalouche sur leur pirogue, mais il y a eu une terrible tempête et ils ont fait naufrage quand j'étais toute petite. Moi j'ai échoué sur l'île et je suis restée seule. Ça fait si longtemps que je ne me souviens plus du nom de ma tribu. J'habite ici, je pêche, je nage, je dors au soleil…

Elle baisse la tête :

— Je pleure souvent. Je suis si seule et…

– Et tu veux devenir notre amie ! s'exclame Cerise. C'est pour ça que tu as mis les fruits sous le palmier ?

– Oui ! s'exclame Étoile-de-Mer. J'étais contente de vous voir mais je n'osais pas m'approcher.

Étoile-de-Mer hésite un instant et lâche le rire léger qui nous a tant inquiétés. Elle rougit très fort et avoue :

– J'étais surtout contente de le voir, lui…

Lui ? Je me retourne. Cerise aussi. Roûmm ouvre de grands yeux et Floup claque des oreilles. Lui, c'est… Sifflotin, mon malin petit frère qui n'a plus l'air malin du tout !

Il est tout rouge.

Il a un sourire idiot.

Il a l'air bête comme un nanâne.

Bref…

Il est amoureux ! Sifflotin est amoureux d'Étoile-de-Mer ! Comme ça ! D'un coup ! Ses yeux se mouillent, sa voix s'embrouille, son cœur fait BOUM !

La situation est grave. Mon petit frère est amoureux !

Oh là là ! Je me sens vieux, vieux…

Et très sérieux.

Enfin… presque !

SIFFLOTIN EST AMOUREUX !

L'amour, c'est terrible ! Ça coupe l'appétit, ça fait transpirer et ça démolit les petits frères.

Sifflotin regarde Étoile-de-Mer.

Étoile-de-Mer regarde Sifflotin.

Ça dure longtemps ! Très longtemps !

Et pendant ce temps-là, Roûmm et Floup font des bêtises. Ils croquent tous les banamousses et se roulent dans le sable en rigolant.

– Il faut retourner au camp, décide enfin Cerise. Sinon les copains vont s'inquiéter.

– Tu entends, Sifflotin ? Il faut rentrer !

– Oui Petit-Féroce, dit Sifflotin.

Il a une drôle de voix, rauque et rêveuse, comme s'il parlait en dormant. Il contemple toujours fixement Étoile-de-Mer, sans bouger.

– Sifflotin ! Tu m'entends ? JE TE PARLE !!!

– Oui Petit-Féroce, dit Sifflotin.

– Et… hum… Tu te sens bien ?

– Oui Petit-Féroce, dit Sifflotin.

– J'ai l'impression qu'il dit n'importe quoi, intervient Cerise.

– Oui Petit-Féroce, dit Sifflotin.

Oh là là ! C'est GRAVISSIME !

Je me plante devant Sifflotin, je le regarde droit dans les yeux et je lui demande :

– Attention ! Un mammouth plus un mammouth, ça fait combien ?

– Oui Petit-Féroce, dit Sifflotin.

Il commence à m'énerver! Floup, très inquiet, fourre son gros nez rond entre les doigts de Sifflotin en poussant des gémissements plaintifs, mais Sifflotin regarde toujours Étoile-de-Mer. Floup grogne doucement. Il semble soucieux.

Cerise s'approche de la fillette.

– J'ai l'impression que tu lui plais drôlement à Sifflotin. Et toi, tu l'aimes aussi?

– Oui Petit-Féroce, dit Étoile-de-Mer.

Ciel! C'est contagieux!

Sauve qui peut!

– Qu'est-ce qu'on fait? s'interroge Cerise. On les assomme à coups de massue pour les réveiller?

– Non! Il vaut mieux les conduire au camp. On verra là-bas.

Les copains courent à notre rencontre. Ils sont très surpris de voir Étoile-de-Mer. Je leur explique que c'est une naufragée, qu'elle habite l'île déserte depuis des années et qu'elle n'a jamais jamais mangé de mammouth, la pauvre.

— Je vais vite lui pêcher un beau crabouche ! propose Œil-d'Écureuil.

— Non ! Je vais lui chasser un lapinois, c'est bien meilleur ! s'exclame Oreille-de-Renard.

Et ils se bagarrent en hurlant. Ils font tellement de bruit que Sifflotin revient enfin à lui et s'écrie :

– Petit-Féroce ! Il faut absolument qu'Étoile-de-Mer rentre avec nous ! Elle habitera notre caverne !

Je fronce les sourcils avec inquiétude. Et Floup fronce les oreilles d'un air mécontent. Il s'approche de Sifflotin et CRAC ! il lui mord le gros orteil !

– Aïe ! Tu es fou ! Qu'est-ce qui te prend ? hurle Sifflotin.

Floup bat furieusement des oreilles et CRIC ! il lui mord le talon. C'est clair : Floup est jaloux d'Étoile-de-Mer.

Sifflotin, qui a très mal, saute à cloche-pied sur le sable. Pendant ce temps-là, moi, je réfléchis.

On est déjà très nombreux dans la caverne avec papa Grand-Féroce, maman Jolie-Féroce, Sifflotin et moi, sans parler des oreilles de Floup, des dents pointues de Roûmm mon ron-ronge et des hurlements affreux de Petit-Sauvage. Je me demande s'il y aura de la place pour Étoile-de-Mer.

Sifflotin se débarrasse de Floup en l'enterrant dans le sable jusqu'aux oreilles et insiste d'une voix très sup-pliante :

– C'est toi l'aîné, Petit-Féroce! Tu DOIS convaincre papa et maman!

Les copains sont d'accord! Il n'y a que la truffe noire de Floup (qui dépasse un peu du sable) qui ne soit pas contente. Fafou s'approche d'Étoile-de-Mer, entrouvre les ailes et lui offre une belle plume verte pour ses cheveux. Guépard sourit gentiment à la petite fille et assure :

– Je suis certain qu'Étoile-de-Mer est très intelligente et qu'elle saura très vite massacrer.

– Ça manque de filles dans la famille! ajoutent Gobe-Gobe et Galipette.

– On lui apprendra à se bagarrer! promettent Écureuil et Renard.

Ça c'est sûr! Je leur fais confiance!

Roûmm s'y met aussi. Il me regarde fixement, l'air de dire :

« Et alors Petit-Féroce ? Tu n'as pas envie d'avoir une petite sœur pour câliner Petit-Sauvage, me donner des feuilles de saladouce et jouer à saute-mammouth pendant les promenades ? »

Étoile-de-Mer m'observe, ses yeux bleus remplis d'espoir. Je pousse un gros soupir :

– Ben, hum… C'est vrai que j'aimerais bien avoir une petite sœur.

Sifflotin me saute au cou.

– Merci grand frère ! Tu es formidable !

Ça c'est vrai ! Et en plus, je suis modeste.

– Mais… et Floup ? Ça m'ennuie qu'il soit jaloux, se désole Sifflotin.

Je réfléchis encore (ça devient une habitude !), je m'approche de Floup toujours enterré dans le sable, je le soulève et je pince sa truffe entre mes doigts.

Il ne peut plus respirer !

– Tu as compris, espèce de jaloux ? J'exige que tu sois mignon avec Étoile-de-Mer !

Je le repose par terre. Il file jusqu'à Sifflotin et se blottit entre ses pieds, l'air de dire :

« D'accord, je serai gentil avec ta nouvelle copine mais franchement, l'amour, ça fait mal au museau ! »

Et voilà !

J'ai réglé le problème !

Galipette m'embrasse, Gobe-Gobe et Guépard me félicitent, mais Cerise me regarde d'un drôle d'air.

Je m'approche d'elle avec un rien d'inquiétude.

Cerise me fixe bizarrement.

– Tu n'es pas jalouse, hein ? Tu sais bien que tu es MA Cerise, la seule, la vraie, l'unique, celle qui me mord sans arrêt les oreilles !

Aïe aïe… Va-t-elle me démolir à coups de massue ? Non ! Elle me caresse doucement la joue et murmure :

– Je ne suis pas jalouse, Petit-Féroce, au contraire. Je pense que tu es très gentil et très généreux.

Ah… Ça me fait un drôle d'effet. Je me sens fier, et très heureux !

LE VILLAGE DE SABLE

Les jours suivants, Étoile-de-Mer nous guide à travers l'île. Les arbres donnent des fruits acides ou sucrés, bien meilleurs que chez nous. Des cascades douces comme du miel tombent dans des lagons transparents. Étoile-de-Mer connaît les moindres recoins de sa jungle. Je la trouve très courageuse. Moi, je n'aurais jamais su me débrouiller seul sur une île déserte.

Étoile-de-Mer nous montre aussi des tortues géantes qui somnolent sur le sable. Elles ressemblent à des montagnes d'écaille qui avancent lentement, lentement.

Moi je les trouve plutôt moches, mais Étoile-de-Mer en caresse une qui semble la reconnaître.

– C'est sûrement la plus vieille et la plus sage de l'île, affirme-t-elle, et j'aime lui parler. Je me sens moins seule.

Sifflotin, très ému, lui serre la main et promet :

– Courage ! Bientôt tu pourras parler à papa et maman.

J'ajoute en rigolant :

– C'est ça ! Et ils te gronderont, exactement comme nous. En attendant, si on jouait à un jeu sur la plage ?

C'est vrai ça, il faut profiter des vacances ! Étoile-de-Mer réfléchit.

– On pourrait construire un grand village de sable. Ensuite une bande de méchants l'attaquera et une équipe de gentils la défendra.

Quelle bonne idée ! On s'y met tous, sauf Floup qui boude toujours, Fafou qui vole au-dessus des vagues et Oreille-de-Renard et Œil-d'Écureuil qui se bagarrent en criant :

– Moi je serai dans l'équipe des gentils !

– Non ! MOI je suis gentil et TOI tu es méchant !

Une heure plus tard, le village de sable est achevé. Il est magnifique avec ses grandes tours, ses maisons décorées, ses larges fossés.

Étoile-de-Mer déniche des petits coquillages pour décorer les portes. Gobe-Gobe sculpte des étoiles de mer, des poissons et des soleils sur les murs. Galipette appelle Fafou, lui prend trois belles plumes rouges et les plante au sommet des tours.

Et ensuite, c'est la guerre !

Pour commencer, on fait les équipes. Gobe-Gobe est le chef des méchants. Il est doué pour ça ! Sifflotin, Étoile-de-Mer et Œil-d'Écureuil sont dans son camp.

Moi, j'aurais dû être le chef des gentils, mais Cerise me mord et devient chef à ma place. Les autres gentils sont Oreille-de-Renard, Guépard, Galipette, Fafou et Roûmm mon ronronge.

La guerre est terrible ! Si Tigre-Tordu nous voyait, il serait fier de nous : ça massacre dans tous les sens ! Au début, nous, les gentils, on a du mal. Gobe-Gobe me donne un coup de poing sur le nez, il bouscule Cerise et tape sur Guépard. Mais Galipette l'attaque et Fafou lui fonce dessus, l'emporte en l'air et l'abandonne au sommet d'un coco-tier. YOUPI, un méchant de moins !

Comme Renard s'occupe d'Écureuil, que Floup boude et que Roûmm a ligoté Sifflotin avec sa queue, les méchants sont vaincus. Nous, les gentils, on danse de joie sur le sable.

Sauf que…

Une grosse tortue s'approche lente-ment, lentement de notre camp. Et soudain…

Étoile-de-Mer surgit de la carapace, fonce sur le village de sable en poussant des cris de triomphe et VLAN! BOUM! CRAC! elle piétine les tours et défonce les murs avant qu'on puisse l'arrê-ter. Elle a gagné!

Étoile-de-Mer s'est déguisée en tortue géante pour remporter la partie!

Elle est drôlement rusée. Avec Sifflotin le malin, ils feront une équipe du ton-nerre!

Après le repas, Cerise et moi on se promène ensemble et puis on s'assoit sur une drôle de dune un peu dure. C'est bien d'être seuls, pour une fois.

On ferme les yeux, c'est l'heure de la sieste. Je flotte de bonheur, je somnole, je m'endors. J'ai vaguement l'impression que le sable bouge, comme les vagues…

Il bouge même TRÈS fort, alors je rouvre les yeux et…

LES NAUFRAGÉS
DE LA TORTUE

Catastrophe!

Je ne vois plus le rivage. L'île a disparu! Nous sommes en pleine mer au milieu de nulle part.

La drôle de dune, c'était la tortue géante d'Étoile-de-Mer! Elle nous emporte avec elle!

Cerise dormait aussi. Je la réveille. Elle se redresse et regarde autour de nous en se frottant les yeux.

Ça va mal ! Les vagues grondent et grossissent, rugissent et mugissent ! La carapace de la tortue est drôlement inconfortable. Ça gliiisse ! Je vais couleeer ! Loin de mon ronronge, de mes parents et de mes mammouths ! À côté de moi, Cerise respire très fort. Je me serre contre elle en murmurant :

— Tu n'as pas peur, hein ?

— Ben… si ! avoue-t-elle à voix basse. Mon papa Arbre-Rouge m'a appris des tas de choses sur le feu et les éclairs, mais je connais bien moins la mer et ses secrets.

Soudain, des requins sortent de l'eau et nous reniflent en se léchant les babines ! Des gros et des très gros. Des grands et des énormes. Des requiniais et des requinois. Des nerveux, des globuleux, des pleins de nœuds ! Sans compter les ploulpes à tentacules, les blagarrudas dentus et les cachalouches en balade. Ils veulent me croquer, ces sauvages à nageoires, et manger ma Cerise au dessert !

Tout ça, c'est la faute de la tortue ! J'essaie de lui parler, je lui crie de nous ramener sur l'île, mais elle ne m'écoute pas. Si je m'en sors vivant, j'en fais de la soupe. Étoile-de-Mer ne sera pas contente, tant pis pour elle !

Un orage épouvantable éclate brusquement. Il pleut des gouttes grosses comme des pattes de mammouths. C'est terrible ! Fafou ne nous retrouvera jamais dans la tempête !

Oh là là ! Qu'est-ce que je voudrais être dans notre caverne entre papa Grand-Féroce et maman Jolie-Féroce, à rigoler avec Petit-Sauvage et me moquer de Sifflotin et d'Étoile-de-Mer quand ils se donneront des bisous.

– Petit-Féroce, j'ai des remords, gémit Cerise. Si j'avais étudié mes leçons de magie, j'en ferais de la marmelade, de ces requins. On va se faire dévorer à cause de moi.

Les ploulpes et les requinois sont ravis, ces brutes à bulles ! Ils nous foncent dessus ! Cette fois, c'est cuit ! Ils vont nous manger tout crus !

Nous étions déjà à moitié croqués…

Aux trois quarts noyés…

Et même un peu inquiets, quand soudain, à la dernière seconde…

Une forme gigantesque nous soulève hors de l'eau, sur son museau. C'est le monstre du lac! Ouais! Il est beau! Il est vert! Très cornu! Bien fourchu! Avec Étoile-de-Mer sur son dos!

Le monstre donne des coups de queue MONSTRUEUX à droite et à gauche et les requins se retrouvent en marmelade. Étoile-de-Mer l'encourage à grands cris.

Et moi aussi ! Bravo ! Vive le monstre !
Je l'adore ! Je l'embrasse en plein sur le
mufle ! Et Cerise sur les naseaux ! Le
monstre aussi est content de nous voir.
Il nous tapote gentiment la tête avec sa
longue langue fourchue.

On s'installe à califourchon sur son
cou, à côté d'Étoile-de-Mer, on s'accroche à ses cornes et en route pour l'île !

Et la tortue ? Le monstre l'accroche au
bout de sa queue et l'entraîne avec nous.
Elle n'a jamais nagé aussi vite de sa vie !

Sauvés ! Hé hé… Petit-Féroce s'en
sort toujours ! Oui, mais le monstre du
lac il sort d'où, lui ?

Je me penche vers son énorme tête et
je lui demande, alors que nous avons
l'impression de voler dans les vagues :

– Comment es-tu arrivé ici, tu ne sais
pas voler !

— Je suis passé par des rivières sou-
terraines qui relient le lac de la Lune à
de grands fleuves et à l'océan,
explique le monstre.

— Mais comment nous
as-tu trouvés ? demande
Cerise à son tour.

— Vos   parents
m'ont prévenu
de votre
disparition.

— Nos parents ???
s'exclame Cerise.

— Ils sont là ! explique le
monstre. Arbre-Rouge
le sorcier a deviné
que vous étiez
partis vers l'océan.
Il a découvert votre île grâce à toutes
ses formules magiques.

Évidemment ! Les papas normaux savent déjà tout, il n'y a jamais moyen de croquer un mammouth en cachette, mais avec un papa sorcier, alors là…

— Et toi, Étoile-de-Mer, comment es-tu ici ? demande Cerise.

— Je voulais aider le monstre, explique-t-elle. J'avais peur qu'il tombe malade dans l'eau salée, le pauvre petit.

Je n'en crois pas mes oreilles ! Je bredouille :

— Le… le pauvre ??? Mais c'est un MONSTRE ! J'ai mis un temps fou à devenir son copain et toi tu le vois pour la première fois et tu n'as même pas peur de lui ?

— Non, réplique tranquillement Étoile-de-Mer. Avec ses écailles, il me rappelle ma bonne vieille tortue. Je le trouve très sympathique !

Cerise et moi échangeons un regard admiratif. Étoile-de-Mer est vraiment courageuse. Le monstre rigole si fort qu'on croirait que l'orage recommence.

– Ha ha ha ! Alors comme ça vous aviez peur de moi ! lance-t-il d'une voix narquoise. Mais il y a bien pire : vos pères vous attendent sur le rivage.

Les papas ?

Sur la plage ???

Catastrophe ! J'ai presque envie de replonger dans l'eau avec les requins. Les fessées vont pleuvoir !

LA FIN DES VACANCES

Le monstre a raison. Nos papas sont
là : l'oncle Très-Très-Brutal, le grand
sorcier Arbre-Rouge, le terrible Tigre-
Tordu, le chef des affreux Marmicreux
et…

Et mon papa Grand-Féroce ! Misère !!
Ça va barder !!!

L'oncle Très-Très-Brutal brandit sa massue en fronçant les sourcils. Gobe-Gobe tremblote et Galipette grelotte.

Arbre-Rouge soulève Œil-d'Écureuil et Oreille-de-Renard par la peau du cou. Et soudain, il change Renard en VRAI renard et Écureuil en VRAI écureuil ! Ils sautillent sur la plage en poussant des cris affolés ! Cerise tremble comme une feuille. Elle s'imagine déjà changée en noyau !

Tigre-Tordu, lui, se jette sur Guépard et le secoue comme un cocotier.

— Fils indigne ! Misérable ! Tu te sauves entre deux massacres ! Et avec des Cavernois, en plus ! J'ai dû m'allier avec eux pour te retrouver ! Je suis déshonoré !

— Pardon papa, gémit Guépard. C'est que je suis amoureux d'une Cavernoise...

— Silence ou je TE massacre, je massacre tout le monde et ensuite je me massacre moi-même en mille morceaux !

Et là, Tigre-Tordu saute sauvagement sur Guépard... et il l'embrasse férocement ! Il éclate en sanglots, se mouche dans une feuille de banamousse et braille en reniflant :

— J'étais tellement inquieeeet !

Hé oui… Finalement Tigre-Tordu est un papa comme les autres.

Floup, Roûmm et Fafou nous regardent en rigolant. Les veinards ! Ils n'ont pas de papa pour les punir, eux. Mais ils seront sûrement privés de feuilles de saladouce pendant dix lunes !

Papa Grand-Féroce est là aussi, avec Sifflotin dans ses bras ! Sifflotin n'est pas trop fier parce que ça va barder, mais drôlement content de retrouver notre papa.

Je ne suis pas fier non plus… mais content aussi ! Papa est là ! Ouaiaiais…

Et aïe aïe aïe…

Les punitions vont dégringoler…

Le monstre du lac rigole jusqu'au bout des cornes.

– Courage les enfants ! Ce ne sera qu'un horrible moment à fessées à passer.

Peuh ! Il se croit malin, le monstre, mais un jour il rencontrera une jolie monstresse et il tombera amoureux et ils se marieront et ils auront beaucoup de monstrillons qui ne seront pas sages du tout. Ils feront DES TAS de farces à leur papa d'écaille et le monstre en perdra ses cornes de rage !

En attendant, je me dirige vers papa Grand-Féroce en transpirant à grosses gouttes.

En baissant la tête…

En traînant les pieds…

Papa fronce les sourcils.

– Mon neveu Petit-Féroce est vraiment insupportable ! rugit l'oncle Très-Très-Brutal. Il donne le mauvais exemple ! Tu veux que je te prête ma massue pour la fessée ?

– Je pourrais le changer en galopître jusqu'à la prochaine lune ? propose aimablement Arbre-Rouge.

– Et si je le massacrais un petit peu pour lui apprendre à vivre ? ajoute Tigre-Tordu.

Brrr… Je frissonne des oreilles aux orteils. Et brusquement je remarque Étoile-de-Mer, à l'écart.

104

Elle ne bouge pas. Elle contemple les papas avec des yeux pleins d'espoir.

Sifflotin court vers elle et s'écrie :

– Tu as promis de l'aider, Petit-Féroce !

C'est vrai ça. J'ai promis. Alors je prends la main d'Étoile-de-Mer, je prends mon courage à deux mains et je prends mon air cromignon.

– S'il te plaît papa ! C'est une orpheline comme Sifflotin. Elle a fait naufrage sur cette île il y a très très longtemps. Elle est si triste, si gentille et si seule…

La main d'Étoile-de-Mer tremble dans la mienne. J'entends battre le cœur de Sifflotin.

Papa se tait. Il réfléchit un long, long moment. Quelle angoisse! Roûmm mon ronronge est si nerveux qu'il s'en fait des nœuds à la queue!

Papa se tait toujours, mais soudain, l'oncle Très-Très-Brutal rugit de sa voix la plus douce :

— Allez mon frère Grand-Féroce, un peu de courage! C'est la plus jolie nièce de toute la jungle!

— Je lui apprendrai à changer les chourares en lapinois, promet Arbre-Rouge.

— Elle deviendra une vraie massacreuse, prédit Tigre-Tordu.

NOTRE papa sourit, ouvre les bras et Étoile-de-Mer lui saute au cou !

Ouais ! Bravo ! J'ai une petite sœur !

Hélas… ça n'empêchera pas les fessées !

Quelques fessées plus tard, justement, on se prépare à rentrer chez nous. Sifflotin est impatient de montrer notre belle caverne et nos magnifiques mammouths à Étoile-de-Mer. Seulement elle est triste, à cause de sa tortue.

– Je voudrais l'emmener avec moi, se désole-t-elle. Elle est si gentille.

Papa lui explique que la tortue ne peut pas nous accompagner. Elle serait malheureuse loin de son île.

— Je crois que je comprends, murmure Étoile-de-Mer en caressant la carapace de son amie. Parfois, il faut renoncer à certaines choses pour en gagner d'autres.

Arbre-Rouge retransforme Oreille-de-Renard et Œil-d'Écureuil en garçons. Ensuite il prononce une formule magique longue et compliquée.

Des tas de fragiffous surgissent d'un nuage et se posent au bord de l'eau. Ils nous reconduiront dans notre village. C'est une chance, car avec ces fessées on a plutôt mal au derrière. Il vaut mieux s'asseoir sur des plumes…

Nous survolons une dernière fois l'océan. L'île s'éloigne à l'horizon. Étoile-de-Mer agite les bras pour saluer sa tortue. Le monstre du lac nous crie d'en bas :

— Et voilà, les vacances sont finies.

Finalement je trouve que je m'en suis drôlement bien tiré !

Sauf que…

Quand Fafou se pose au milieu du village, je me précipite dans la caverne, j'embrasse maman Jolie-Féroce, je prends Petit-Sauvage entre mes bras et…

BOUM !

Il me flanque un coup de massue sur la tête.

– Mézant Petit-Féroce ! Z'était pas zentil de partir en vacanzes zans moi !

Ouh là là ! Il est devenu drôlement fort pendant mon absence, Petit-Sauvage. C'est déjà un vrai Féroce !

C'EST LA FÊTE
CHEZ LES FÉROCES

Ça m'a fait vraiment plaisir d'embrasser maman, sauf que…

Nous, les hommes de la famille (c'est-à-dire papa Grand-Féroce, Sifflotin et moi), nous sommes un peu inquiets. Comment maman Jolie-

Féroce accueillera-t-elle Étoile-de-Mer, ma nouvelle petite sœur? On ne lui a pas demandé son avis avant de l'adopter.

Papa hésite un bon moment devant la caverne. Il traîne les pieds, il baisse le nez. Il a l'air d'un papa puni!

— Allez papa, l'encourage Sifflotin. Maman est moins dangereuse qu'un mammouth, non?

— Heu… En tout cas, elle est moins dangereuse que DEUX mammouths.

Papa regarde Étoile-de-Mer qui l'observe de ses yeux confiants.

— Allons-y! décide-t-il.

Eh bien figurez-vous que ça se passe TRÈS bien!

Maman et Étoile-de-Mer se plaisent immédiatement. Maman la prend dans ses bras, la cajole, la câline et l'embrasse dix fois de suite.

Hum hum…

Je ne suis pas jaloux, mais je comprends mieux Floup.

J'ai un poil envie de mordre quelqu'un, juste pour qu'on se souvienne de moi.

Sifflotin, lui, est fou de joie !

– Je suis RAVIE d'avoir une petite fille ! sourit maman. Trois garçons c'est très bien mais c'est parfois fatigant.

Quoi ? Nous, fatigants ? C'est pas vrai ! Je proteste !

– Les garçons, c'est énervant, continue maman.

Là, elle exagère !

– Et même exaspérant !

QUOI ? Exaspérant, moi, alors que je n'ai pas fait UNE SEULE bêtise depuis des lunes ? C'est scandaleux !

C'est vrai ça. J'ai fait DES TAS de bêtises. C'est TRÈS différent !

Mais bon… Puisque papa, maman, Étoile-de-Mer, Sifflotin et Petit-Sauvage sont contents, je leur pardonne.

Puisque je ne suis pas jaloux… Pas du tout… Mais… je me sens drôle.

Papa et maman se regardent en souriant. Maman m'ébouriffe gentiment les cheveux et s'exclame :

– Quelle chance ! Étoile-de-Mer est arrivée juste à temps pour fêter avec nous l'anniversaire de Petit-Féroce.

Quoi ? Comment ? Mon anniversaire ? Mon anniversaire !!! Ouais, c'est vrai ! Avec les vacances, l'île déserte et les requinois je l'avais complètement oublié ! Je veux des tas de cadeaux, des beaux, des gros et des gâteaux ! Vive maman, vive Étoile-de-Mer, et vive moi !

Maman décide d'installer Étoile-de-Mer dans une petite grotte bien chaude, tout au fond de notre caverne. Ce sera sa chambre. Sifflotin balaie par terre et frotte les murs. Il tire la langue tellement il s'applique ! Et il oblige Floup, ce jaloux, à l'aider à coups d'oreille. Moi, j'agite un plumeau géant et je m'amuse comme un fou. Pour une fois, le ménage c'est rigolo !

Maman met des fleurs partout et dispose par terre un tapis-tigre tout neuf afin qu'Étoile-de-Mer n'ait pas froid. Papa l'a chassé spécialement pour elle !

Étoile-de-Mer adore sa grotte. Elle veut se rendre utile puisqu'elle fait partie de la famille, alors elle aide maman à laver la vaisselle et CRAC ! elle brise du premier coup une grosse marmite. Pourtant c'est dur, de casser une marmite ! Même moi, je n'y suis jamais arrivé.

Il faut absolument qu'elle m'explique comment on fait. Et voilà ! C'est la première bêtise d'Étoile-de-Mer depuis qu'elle habite chez nous. Maintenant elle fait VRAIMENT partie de la famille.

Le matin de mon anniversaire, je suis tellement excité que je fais des nœuds dans la queue de Roûmm mon ron-ronge en cabriolant sous ma couverture. C'est enfin le moment ! Le moment des cadeaux !

Papa Grand-Féroce m'offre un tam-bour de guerre en peau de crococroque.

Maman Jolie-Féroce me donne une nouvelle dent de requin pour mon collier de cérémonie.

Roûmm mon ronronge m'offre une belle banane qui se balance au bout de sa longue longue queue. Comme le jour où on s'est rencontrés !

Petit-Sauvage me donne une graine de tournesucette.

Sifflotin m'embrasse avec beaucoup d'émotion et me dit :

— Tu es le meilleur grand frère de toute la jungle !

— Oui ça c'est vrai ! ajoute Étoile-de-Mer.

Ils me tendent une belle massue neuve. Je la prends et je la renifle. Ça alors ! Elle est en pain d'épice !

– Maman nous a un peu aidés, avoue Sifflotin.

Une massue en pain d'épice ! Quelle bonne idée ! Comme ça, si on n'arrive pas à assommer le mammouth à coups de massue, on mange la massue au lieu du mammouth. C'est très commode !

Et qu'est-ce que je trouve au bord de l'eau ? Une belle marmite avec un beau mammouth tout cuit dedans. Avec un ruban autour de la trompe ! Guépard l'a apportée de la part des Marmicreux !

Ensuite, il y a une fête en mon honneur au bord du lac de la Lune pendant que le gâteau d'anniversaire finit de cuire. La musique est très belle : l'oncle Très-Très-Brutal tape sur un tam-tam à coups de baobab.

Le monstre du lac sort de l'eau son cou interminable et claque des cornes en cadence. Il est très doué !

Et en plus, il m'apporte un magnifique cadeau, lui aussi : une pierre de lune qu'il me tend du bout de sa longue langue fourchue. Les pierres de lune sont très précieuses et on ne les ramasse qu'au bord du lac. J'en ferai un médaillon magnifique.

Mais le plus beau cadeau, c'est celui de ma tante Gentille-Cabriole et de mon cousin Gobe-Gobe.

Ils ont fait… une peinture sur le mur de la grotte tapissée de sable blanc où je joue avec Cerise-qui-mord.

Elle est drôlement réussie, cette peinture ! Tout le monde est dessus, sans exception :

- Moi Petit-Féroce,
- Papa Grand-Féroce,
- Maman Jolie-Féroce,
- Sifflotin et Étoile-de-Mer qui tiennent chacun Floup leur renifflou par une oreille,
- Petit-Sauvage qui rigole, à cheval sur Roûmm mon ronronge,
- L'oncle Très-Très-Brutal et la tante Gentille-Cabriole,
- Galipette et Gobe-Gobe,

- Guépard le Marmicreux,
- Arbre-Rouge le sorcier et sa femme Feuille-d'Érable,
- Œil-d'Écureuil et Oreille-de-Renard,
- Et bien sûr ma chère Cerise-qui-mord avec ses beaux cheveux rouges.

Il y a même Fafou le fragiffou et le monstre du lac qui rigole à pleins crocs.

C'est merveilleux ! On est ensemble pour toujours ! Il n'y a plus qu'à croquer le mammouth et à découper le gâteau !

● TABLE DES MATIÈRES ●

● L'auteur

Né à Strasbourg en 1958, **Paul Thiès** a fait escale à Buenos Aires, Madrid, Tokyo, Mexico, avant d'atterrir plus longuement à Paris. Féru de littérature en tous genres, il est aussi remuant que ses personnages, aime beaucoup les gares et les aéroports, rencontre volontiers ses lecteurs qu'il entraîne dans des aventures endiablées, dans des univers peuplés de héros aussi touchants que malins.

Il a déjà écrit beaucoup de livres pour la jeunesse chez Rageot Éditeur.

● L'illustrateur

Mérel est né en Alsace, à Mulhouse. Ancien élève des Arts décoratifs de Strasbourg, il vit en Alsace.

Il a illustré plus d'une centaine de livres pour enfants et publié de nombreux dessins dans différents journaux. Il aime illustrer des textes drôles avec des monstres ou des gamins délurés qui font plein de farces…

Achevé d'imprimer en France par Hérissey (Evreux) en mai 2005
Dépôt légal : juin 2005 - N° d'édition : 4190
N° d'impression : 99153